the war poems

the War Poems of Siegfried Sassoon.

Siegfried Sassoon

心有猛虎
细嗅蔷薇

萨松诗选

[英]
西格夫里·萨松

著

段冶 译

上海文化出版社
SHANGHAI CULTURE PUBLISHING HOUSE

CONTENTS 目录

Dim, gradual thinning of the shapeless gloom
Shudders to drizzling day-break that reveals

Disconsolate men who stamp their sodden boots
And turn ~~gray~~ dulled, sunken faces to the sky;
~~Childish, sullen~~ Haggard and hopeless. They, who have beaten down
The stale despair of night, must now renew
Their desolation in the truce of dawn,
Murdering the kind hours that grope for peace.

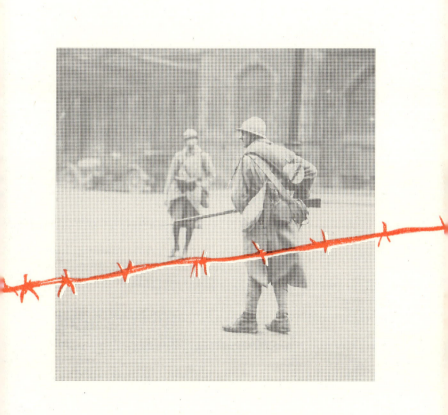

Yet these, who cling to life with stubborn hands,
Can ~~fight~~ going through storms of death and find a gate
In the ~~clawed~~, crooked tangles of dim defence.

They crouch from safety, and the bird-sung joy
Of God in green, green thickets to discover
Each unwilling flat horizons, ruined water,
And foundered trench-lines volleying doom for doom.

O my brave brown companions, when your souls
Flock silently away, and the eyeless dead
Mock the wild beast of battle on the ridge,
Death will stand grieving in that field of war
Since
Because your unvanquished hardihood is spent.

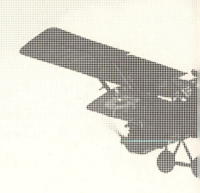

And through some mooned Valhalla there will pass
Battallions a battallions, ~~of~~ scarred from hell;
The unreturning army that was youth;
The legions who have suffered and are dust.

———— Prelude: The Troops.

"Good-morning; good-morning!"

于我，过去、现在和未来

于我，过去、现在和未来相聚，
它们相互指摘，不休龃龉。
现时沦陷于我的重重欲望，
理性也被它们扼杀于当场。
我多少爱恋穿越未来的壁垒，
借梦想解放了双脚，自由舞蹈。

于我，穴居人抱紧先知，
阿波罗头戴花环，
对着耳聋的亚伯拉罕歌咏赞叹。
我心有猛虎，细嗅蔷薇。
向我心中凝望并且颤抖吧，友善的伙伴，
因在此地，可照见你灵魂的纹理。

序幕：大军

模糊的昏暗，它幽微、渐隐的边界震颤，

直至细雨中，破晓照亮阴郁的人，

他们踩响湿靴，

将枯槁木然的面孔转向苍茫。

憔悴、迷惘。他们击溃了

黑夜朽败的绝望，

此刻被迫趁黎明休战将哀伤重建，

扼杀那乞求着平静的铅色光景。

尚有人攫住生命不肯撒手，

透过死亡的飓风绽开笑容，

且在死神的防线上，

在如麻的荆棘与残暴里寻见罅隙。

他们远离安定和草丛里的婉转鸟声，

来到万物毁禁的土地，那里唯天空依然绽放，

拢在头上匆匆流淌，而他们

熬受着地平线上的空乏、烽烟与悲凉，

熬受着腐气霭霭的森林，

还有一条又一条

劫难深重的陷落的战壕。

我黝黑的勇士朋友，当你们的灵魂

如鸦群般默然远去，当盲目的逝者

羞辱了山脊上的战魔，

因你们耗尽了不败的桀骜，

死神也伫立疆场哀悼。

到那时月光下面，你们将

登上瓦尔哈拉英灵殿：

一队又一队方阵，带着炼狱的疤痕，

还有那曾经年少、去而不还的陆军，

以及熬过了苦难、而今归于尘土的兵团。

梦 者

军人是灰色死国的子民，
向时间讨不到片刻明天。
各自带着宿怨、猜忌与伤悲，
他们站在命运的节点。
军人们发誓战斗，要用生命
占领炽烈的毁灭之巅。
军人是梦者，听见枪声便念起
炉火通亮的家、整洁的床和自己的妻。

我看见
他们在发臭的掩体中遭受鼠啮，
在战壕废墟里听凭淫雨抽打，
却仍然梦着球场上的欢悦，
向往拿回公假、电影和高筒靴，
乘着火车去上班——
而这徒然的希望，只扔给他们一声
"妄想"。

救世主 [1]

没有光，骤雨浸出深泥；

凛冬夜晚，已过零点，

和平中的人们正在安眠，

天明之前，我们不得休憩，

要在战壕里拖动裹满黏土的靴。

炮弹不时鸣唱，

弹壳嗡嗡飞过，闷声坠落。

伴着空洞的轰鸣，炸裂；

我们被冷雨浸透，各个在苦寒里受尽煎熬。

没有光，一尊巨炮眨眼

自远方。

我在漆黑的沟里转身，咒骂风暴；

一枚照明弹嘶叫，焚出白炽光焰，

黑暗里挣扎的人形显现，站在眼前；

1　此处指耶稣基督。

我认得他是基督，挺立在光旋中，

身子前倾，双臂托举，因肩头负有

万钧的使命。他注视我双眼，

那悲哀的头颅似乎覆着假面，

那是地狱罪恶的光里，凡人苦痛的脸。

他只戴羊毛军帽，而非荆棘冠冕，

这位英国的兵士，白皙、矫健，

如所有单纯的青年，他珍重自己的时间——

那些好日子，工作、娱乐，平淡的咏唱；

而今他知晓了夜之漫长，而黎明只是

透过窗框对天空守望。

终有一日，他将不置褒贬，熬受怕和痛，

他将慷慨赴死，毫无怨言，

只要兰开斯特[1]无恙，伫立在卢恩河上。

1　兰开斯特（City of Lancaster）：英格兰兰开夏郡的其中一个当地政府区。

他面对着我，步履维艰，

肩扛自己的铺板，疲倦不堪。

我认得他是基督，正勤苦祝福

求索者拥有自由，天空般明澈，

且用悲悯盥洗，使他们焕发新颜。

这时光焰渐熄，一切又昏黑如漆，

沿着战壕，我们开始艰难行进；

忽有人将负重扔进淤泥，

喃喃说道："万能的基督啊，我遭困顿！"

战壕执勤

被摇出梦境，昏昏半醒，
奉三小时哨岗，来到战壕中，
踉跄的脚下淤泥飞溅，听他们蜷缩于
透着烛光的板间，互吐粗鲁的怨言。
听！右方激烈的炮轰！
隆隆不绝，大地震动；在突袭德军之地，
暗夜成为扑朔而耀眼的惊恐；
人们或在僵直与寒冷中等待，
或在铁丝网下匍匐穿行。
"有人罹难？需要担架支援？"
五分钟前，我确乎听见狙击枪声——
哎，他为何要……头顶有星光，
而星光黯然。
当我彻底清醒，世间已少了位青年。

电报员

"传话下去，电报组行动……"
哨兵打着哈欠："电报员出动。"
拆解，组装，闷声打桩，
他们劳作勤苦，血里隐含急迫与愤怒。

德军射出照明弹。黑色剪影僵立原处，
石柱般寂然；随后重归黑暗，迟缓的幽灵
复又四处游走，低声呢喃，磕绊于贪婪的陷坑——
那里残木断枝，狼藉一片。
骇人的黎明降在氤氲海岸，
用荒凉的微光惹红天边，
夜晚，终结于凄惨。

年轻的修斯要害中弹，我听见他渐行渐远，
伴随担架颠簸呻吟不断，活不过今天。
而生者至少得以宣布
前线电台已修理妥善。

破 晓

在黑夜阴冷的尽头，

空气里似有秋的味道；

他在潮湿霉烂的战壕里发抖，

双腿埋在沙袋间，脸上溅满

白垩和黏土。他口干舌焦：

"今早这场混账进攻，何苦要九点发动？

"何等残酷啊——若死时顶着清晨的天空！"

他咒骂着不歇的鼎沸，一边咳嗽一边瞌睡。

炼狱之中，是什么赐给他幸福的梦境？

是地穴气味里秋的精灵，

抑或上帝于木然中生出的同情？

人在此地遭到辗轧，如同粪土；

爬来爬去，只寻见弹坑，将自己的不幸收容；

人是遭到放逐的祭物，注定死在

远离洁净与喜乐之处，

眼中盛着恫吓下的愤怒，直至黑暗漫涌，

闯入他们的头颅，于是他们便听见

旧日的童言、荒唐的圣歌残篇。

他嗅探着彻骨寒气，梦境就这样开场——

骑行于苏赛克斯[1]，小径上尘土飞扬，

九月静谧，夜晚徐徐退散；

他满腔活力，跟痛苦彻底了断。

他走在荆棘的藩篱之外，

那里田野烂漫，丰足的庄稼捆束井然，

星空下黑暗的树梢，这时正逐渐显现，

刹那间，远方传来鸡唱，清晰而嘹亮；

溪谷中布起迷雾的墙，

彼处柳叶婆娑，发出水润的声响。

他将这一切凝视，难以相信

---

1 苏赛克斯（Sussex）：位于英格兰东南部，大体重合于古代苏赛克斯王国，1974 年划分为西苏赛克斯和东苏赛克斯两郡。

大地又叙起和平的旧事。

他感恩这美好的世界，庆幸自己的降生……

忽然自遥远的所在，传来了孤单的号声。

他们在包围大树林！打开圈门，

让老马哥伦巴冲上草坪——

他知道最宜在何处等候，

并谛听林地激烈的和声；

他守候的角落，是老狐狸的必由之径，

它们若逃往长树林 [1]，正须从此地通行。

覆满青藤的树下，蕨草正窸窣颤动，

猛跳出莽撞少年，高叫着："狐狸出现！"

他挥舞鞭子，脆响连连，

血管里充斥秋日的清冷，

满心汹涌着狩猎的豪兴，

---

1 长树林（Long sponney）：地名，指英国白金汉郡的一片林地。

那是平静的旧岁，致他以欢愉的迎接，

战争就这样淡去，终在他脑海里湮灭。

红日慵懒，升腾于黎明边沿，

它以目光扫过寂静的林地，

于是乡间那温存、淳朴的晨曦

现身于平和的旷野，了却昏暗。

老马仰头向晨光致谢，

又弓下长颈，啃咬起茵茵绿草。

青年能看到所有钟爱之物，

而赋予他幸福的每一处地方，

仍在眼前，仍在心间，别来无恙。

听！号声响起——他们在包围大树林！

劳动者

三小时前，他沿战壕踉跄行进，
一步一探，找寻平衡，
当脚下磕绊，他在壕壁上跌撞，
是浸透的白垩土袋，给他双手以支撑。
看不清前方，只听见隆隆鼓声，
步履纷乱，常激起黏湿的响动——
壕底狼藉，常有齐踝深的泥泞。

有人对他低吼："别挡道，靠右走！"
面对撤下的士兵，他在推搡中逆流：
谁吸亮烟头的红，映出苍白面孔；
防空壕中，蜡烛与火钵的微光
透过裂罅和板帘渗出。
随后双眼又被黑暗禁锢，
他弓腰咒骂弯曲的铁丝
套住了他的脖颈。
忽而光焰升起，战抖腾空，

将它灼目的炽白散布，显出
雨水漂白、闪烁微光的沙包
和窸窸窣窣的老鼠。
这凝滞的银色瞬间，
继而湮灭于黑暗。

寒风吹袭，一阵接着一阵，
或鼓荡于角落，稀疏鸣啸，
或穿透罅隙，暗哑消沉。
步枪也噼噼啪啪，
与夜晚一唱一和。
弹壳冷峻地刺穿细雨，
在山丘脚下闷声坠落。

三小时前，他沿战壕彳亍穿行，
这时却再不能踏上归程：
他已是血肉一团，颠簸在担架上面，

再也无需什么温柔和照料；
成了没有用处的沉重躯壳。
内陆小镇上，有他孱弱的妻子
和一双苍白的孩子；
战友都见过他们的照片，
并赞许这位正直的伙伴，
他闷头劳作，说话不多，
别人讲笑话总是配合，
因为他自己算不得幽默。

当夜他沿护墙堆垒沙袋，
埋怨时间如此缓慢。
寒风里他跺着双脚，
用哈气温暖蜷缩的指端。

他想一挨到十二点半，
就回去嘬口朗姆酒暖暖，

在漏风的防空壕里入眠，

那里焦炭烟气霉臭弥散，

疲惫的战士正在打鼾。

他又添了个土袋，把它推到顶端，

身子探到了外面，这时一道光焰，

照见隔离带，照见铁丝网，只一瞬间。

他垂下头颅的刹那，

铅弹撕裂他饱受惊扰的生命，

一切归于寂然。

准备战斗：星期五早安

两点到四点该我执勤，

我来到防空壕前，盯着窄窄的门。

闷浊的空气里有人打鼾，

"准备战斗！"谁在呢喃，吐露誓言。

黎明昏沉，天空里不生波澜，

云雀的啼鸣突兀凄厉，

"别人"似都安适，独"我"黯然。

我在战壕里涉水，

赶往已成泥沼的锋线——

这混蛋的一夜，淫雨不歇。

耶稣基督！请赐我一道创伤，

如此我必虔信你的肉、你的血，

必将历历陈罪一并了结！

"一切都好"

戴维写罢："我一切都好。"
潦草落款："威利，你至亲的爱人。"
又画上十字，那代表拥抱。
他喝过了朗姆和茶，谷仓此刻虽冷，
至少他热血汹涌；他有收入可供支配，
而冬天就快过去，春天蠢蠢欲动……

那晚他辗转无眠，卧于黑暗，
在呻吟中回想农庄生活：
周日外出，云雀般快活，
穿最堂皇的装束，
挽住褐色眼睛的格温，对她耳语，
说她爱听的话，简单乃至愚蠢。

转念却想：明天又要
拖着一双烂靴去战壕。
踩着五英里冰冷的泥泞，

忘了一切，只记得不幸。

今夜他一切安好，可死亡转眼就会来到，

战争将照旧进行。

为什么？他不知道。

英 雄

"杰克死得其所，"
母亲折起信笺，
"感谢上校褒奖。"
她声音疲惫，由颤抖而哽咽，
又将目光微扬："身为母亲，
"我们只有荣光。"说罢扭曲了面庞。

年轻军士默然退场——
他那堂皇的欺瞒，
将滋养老妇余下的时光：
当他支吾着说谎，她无神的眼中
便盈起喜悦，燃起柔和的神采：
何其勇武啊，她那光荣的男孩！

军士却知道，当地雷在"死亡角"炸响，
"杰克"这废物，如何在战壕里张皇，
要凭借受伤被遣回家乡，

终被炸得七零八碎，却无人悲悯——
除却那从此孤单的白发人。

临 战

水光摇动处，
天风掩盖了
万木的浅吟；
凄厉鸟鸣中
暮光落下来。
水声深沉的溪流，
请载我横渡这黑暗。

恐惧或将散去，
不需祈求。
我唾弃战斗的喧嚣和震颤，
它将我从沼泽与深潭的
冷冷寂静里，
从光影下的簇簇金百合间唤醒。
群星明灭的天河啊，
请引我穿越这长夜。

1916 年 6 月 25 日

路

路上簇拥着女人，
士兵们经过或休憩，
却看不见她们。但她们就在
漉漉的草间，熬受，沉默，
疲顿于等待，枯瘠于惊惶。
路，载着砾石、烂泥、车辙，
载着战斗过后成堆无谓的渣滓，
攀上长长的缓坡。这里死去了
肚腹突兀、四蹄僵直的马，死去了
满手鲜血战死的人，仰视着
白光闪动的空洞的黑。

匍匐前进的苏格兰佬，苏格兰裙被炮火燎过，
他一路跌撞至此，倒地又起身，
渴求睡眠，头颅昏沉。甜梦却无从
欺瞒他昏沉的头颅——它早已木然，
感觉不到女人抱在他膝间，感受不到

她盲目的爱抚，和吻在额前的唇：

他只想沉睡，念不起家园、爱恋、休憩，

而这条小路，正堪做他的长眠之地。

两百年后

冬夜爬过乌鸦冈，

衬着灰蒙蒙的天，

（若非荒唐旧忆蒙骗双眼），

他望见开路的卡车隆隆向前，

其后跟从的队伍散乱，

还有弹药前车、六头马骡，

拖着给养，蹚着淤泥、车辙，

奔向两百年前挖出的战壕。

流云驶过，黑暗笼下，

山坳的村落泛起灯火。

听他讲过故事，有位老人告知

他看见的乃是翻山行军的兵士：

"沉默的可怜虫们，乃是英国的亡灵，

"曾战斗于法兰西，如愿地丧了性命。"

梦

I

月光、噙饱露水的花、
盛夏园圃的香气，它们赋予你
歌和梦。梦降于静寂星光，
歌盈满芬芳。

昨夜有蒙蒙的雨，我沿小巷
经过肮脏的农场。牛圈和粪肥
发出恶臭，将我关于战争的
旧梦召回。

II

我看见萧索蜿蜒的村道上
疲惫的行伍脚步踉跄。
亢奋的军需官守在那里，
为连队指引方向。

我看见他们摇晃着挪进
欲倒的茅屋，无力诉苦；
看见他们鱼贯而入，释去背上
枪械、装备、行囊的压负。

他们坐上黑处的草垛，
埋头脱下湿透的破靴，
任风透过缝隙吹冷汗液。

III

我看着他们满脚的泡，
小琼斯仰头看我。他苍白疲倦，
一身泥点，晨曦在他眼里黯淡。
而老兵们，骨头里刻着三个严冬，
他们吹着口哨，舒展趾头，
吸着受潮的忍冬牌香烟，
对我还能露出笑容，因为知道
我和他们同样困倦。

可他们不知道
我终有隐秘的负担：
为其勇气骄傲，为其不幸抱憾；
为我将带他们到前线炼狱
而承受灼烧的辛酸。

IV

没有人说话，但我看见
谷仓里幽微的烛下，他们大口喝茶，
即将沉睡如同木头。十英里外的战斗
在笨拙的龃龉中闪烁，低吼。
而我，将带领他们逐日迫近
肮脏的战争，那夺命的野兽。

在卡尔努瓦 [1]

整个旅分成四队

扎营在谷地。趁着余晖，

有人吹奏拙劣的口琴，

有人呢喃，迷惘、喑哑、低沉。

我蹲在蓟花丛里，看夕阳余晖，

光芒耀眼，而后消隐。

我别无他求。然而明天

我们要去攻克地狱般的森林——

哎，这神创的宇宙！

1916 年 7 月 3 日

1　卡尔努瓦（Carnoy）：法国北部皮卡第大区索姆省的一个市镇，属于佩罗讷区孔布勒县。一战期间，英法联军与德军曾在此地有过激烈战斗。萨松作此诗时，索姆河战役（1916 年 7 月 1 日至 11 月 18 日）正在进行中。

营部换岗

"集合！加速！"（这混蛋的雨）[1]

我们蹚过空阔的村郭，

跋涉到六月丰绿的原野。

庄稼和田亩润泽，余晖洒落，

结出明亮的光斑——

（战线上即将收割。）

"战争可能结束于圣诞。

"保持微笑吧，亲爱的伙伴！"

抵达运河，趁黄昏过桥。

"成排前进！"（防线上忽然闪耀，

白杨林里炮火穿梭，步枪和机枪

在远处啸叫。）"德国佬！

"妈的，真不消停，是吧军士？就这么开打？"

1　本篇目中括号内文本为对原文格式的保留，并非编译过程中另外添加的注解。后同。

雨势加大，闷雷滚动，电光开合。

"天上也在开炮哪！"某个小伙嘟囔着。

"路口怎么混乱一团？"（带路的人说。）

"跟着第一排走。"（他们出发了。）

"休息三分钟。"（举步维艰的纵队啊，

大汗淋漓，承受重担而不知为何。

这两英里夜路，不知谁会叫死神收割？）

雨势越发磅礴。"总部，请继续指示。"

（全员到齐。）"谁在呼叫？军士长？

请活下去，等我们赢了战斗，记得告诉我。"

战 壕

为何你双腿佝偻，卧姿拙陋？
为何用手臂掩住你愠怒阴沉的倦容？
黄烛扑闪，打出你刀劈样的阴影，
使我看了难过。你不懂我何苦将你肩膀摇晃，
你在昏沉中喃喃叹息，转开面庞……
你多么年轻，怎能长眠不醒？
你睡去的模样，让我窥见死亡。

后卫部队（兴登堡防线，1917年4月）

一步步在隧道中摸索，
他举着火把，火光扑闪
探照左右，呼吸着腐臭。

管子、盒子、瓶子，模糊的影子，
床垫和碎镜子——
头顶战斗的猩红阴霾，
他搜寻于十五英尺深的地下。

他脚下磕绊，撑住洞壁，
有人弓背横在脚边，毛毡半掩，
他俯身拉扯那人手肘：
"指挥部在哪儿？"没有答案。
"装聋的懒汉！"（他已数日不眠）
"爬起来，带我离开这个臭地方。"
狂怒中，他踢了那柔软沉默的一摊，
火光映到一张紫青的脸，

正可怖地朝上瞪眼，

眼中残存挣扎，死去当有十天，

双手仍锢住黑色创口，握成双拳。

他继续蹒跚，直至寻见

黎明的残影穿透楼梯天井，

映射到低语的地下生灵——

它们惶惑于头顶朦胧的炮声。

许久之后，发丝里浸满冷汗，

他攀出黑暗，重逢黄昏的空气，

一阶一阶将地狱抛在下面。

我站在逝者当中

清晨灰暗，我站在逝者当中：
站在他们当中，静默伶仃，
凝重的心跳将战士召唤，
我说杀呀杀呀，黎明正红。

透过冷雨的薄幕，我凝望那些尸身，
扭曲的轮廓不再体面。
"我挚爱的少年，让雨水打湿了脸，
"双眼模糊暗淡，一如这片荒原。"

死了，他们都死了！我就站在他们中间，
心脏和头颅深陷于惶然。
炮弹轰鸣，将一阵阵风声遮掩。
我呐喊：落下来吧！取走你的赏钱！

战壕饮弹

我知道一位单纯的小兵，
他总挂着不知何来的笑颜，
能在孤寂寒夜里酣眠，
再用口哨应和早起的百灵。

冬季的战壕里，他瑟缩忧悒，
没有酒精，只剩下轰炸和虱虫，
他便用子弹贯穿自己的头颅，
然后不再被人提起。

你们满面红光，眼睛锃亮，
冲着队伍欢呼得山响，
你们不如滚回家去潜心祈祷：
青年和欢笑去往何方，
你们永远都不会知道。

进 攻

暗褐山峦，在黎明中巍然显现，

太阳怒目，射出紫色光焰，

它缓慢灼烧，以腾腾烟雾

包覆创痕累叠的坡面。

坦克鱼贯，朝铁网爬行、倾碾。

炮火的矩阵呼啸腾空。兵士背负

枪弹、衣甲和铁锨，在重压下佝偻，

推搡着攀向怒号的火线。

尘灰遮蔽、喃喃自语的脸，敷满惊恐，

他们离开战壕，要翻越山巅，

他们腕上，时间走得空洞而惶急，

目光犹疑、双拳紧攥的希望，在淤泥里挣扎。

基督啊！请让这一切停下！

反　击

几小时前拿下首个目标，
其时黎明破晓，似眨着眼睛的脸，
苍白颓乱，烟雾遮掩。
起初一切顺利——扛住锋线，
投弹手就位，刘易斯式轻机枪部署妥当，
铁锹声里，战壕逐渐深陷。
这里朽尸遍地，绿色僵硬的腿
套着高筒靴，他们摊在树干上和坑道里，
脸孔埋进淤泥，如半满的沙袋被谁踩扁。
他们曝露鼓胀的臀，头发板结纠缠，
头颅膨大僵硬，沉睡于凝固的灰浆。
忽而下起雨来，雨撒着欢一如往常！

一个士兵打着哈欠，跪倚在山坡上，
他凝望雾气弥散的晨间，
琢磨德方何时重启喧嚣，
结果不出意外，重炮破空而来，

命运般确凿笃定，没有一颗哑炮。
但炮声里士兵无言，呆看着爆炸声里
黑土四溅，同地狱吹来的邪风舞蹈盘旋，
而搔首弄姿的巨怪，消解于阵阵青烟。

他畏缩一团，晕眩于电掣般的恐怖，
他渴求逃离，他厌憎窒息的惊惧
和遭到屠戮的狼藉身躯。

一位军官在战壕里踉跄，
"守住射击踏台！"边走边喊，
呼吸混乱，"踏台……反击！"
阴霾忽而消散。右翼是炮弹，
炸在旧坑道里，而机枪鸣啸于左翼；
前方，蹒跚的人影渐渐消隐。
"基督啊！他们来啦！"子弹噼啪，
士兵终于想起步枪，疾速开火……

疯了似的连续射击……随后一声爆响

将他轰倒，转了个圈子，晕在地上，

他呢喃、抽搐，无人顾探；他喘不过气，

挣扎于窒息的逼仄阴霾，

迷失于呼喊与呻吟的纠缠……

越陷越深，他死于失血，

沉溺于未知。

反击失败。

后 果

轰炸的后果十分可怕。有个人跟我说，他从未见过这
么多死人。

——战地记者

"他从未见过这么多死人。"
他们在金色阳光下横七竖八，
而他咒骂、喘息，沿损毁的道路
拖拽炸弹，这没有尽头的重担。
"死者多安详啊。"
一个人的脑中，怎会有如此臆断？

"他从未见过这么多死人。"
抑扬的辞藻在他脑中顿挫萦绕，
伴奏着尸首在雨中雀跃舞蹈。
算了吧，别再为他们承受负担，
逝者已终结苦痛，
呼吸停歇，不能复生。

上个星期，迪克遇难之前，

耀眼的炸裂将他轰倒，

在射击踏台上抽搐，如鱼之濒死……

"你问尸首数目？要多少都有。

"别费劲了，数不胜数。

一分钱两个，谁来光顾？"

悔

他在泥沼里仓皇乱撞，

挣扎中寻不到踏脚的板条。

只看见每一簇闪光和喷溅，

在每个被点亮的瞬间，

沉夜便将骤雨坦现。

他拖着身体不知何往，

"难道会有更坏的情况？"

他想起德国人如何逃窜，

如何叫喊祈求，在颓倒的林间。

他们闪躲、狂奔，面色青紫，其中一个

惊恐得全无血色，将他膝盖抱住……

如杀猪一般，我方战士正将他们屠戮……

"妈的！"他寻思，"可怜的老父，

"安坐家中，读着烈士的不朽，

"谁敢告诉他战争的残酷？"

地下急救站

他们卸下肩头的负担，那担中人
左右摆头，勉力微笑，痛苦呻吟。

他攥紧担架，挺直身体，瞪视然后高喊：
"别碰我的腿，医生，放手！"
（他膝间中弹，内脏也被洞穿。）
外科医生温文友好，
压过他的嚎叫，吩咐道：
"小伙子，忍住。"
可是他行将就木。

死于创口

招来护士的，并非呻吟和哀叹，
而是他凄惨的眼
和汗津津的苍白的脸。
但他不安的嗓音照旧嘶哑低沉，
起伏仓急——他此道颇善。

病房黑下来，而他牢骚不断，
唤着"迪基"说："天杀的树林!
"又该动身，何苦白费气力?
"那里万难攻克，雨也总不停息。"

我正推测他去过哪里，却听他喊道：
"到处都是狙击! 别出去，迪基……"
当我清晨醒来，他已悄然死去。
一个士兵带着轻伤和微笑，躺在那张床里。

"他们"

主教如是宣讲："待男孩们归来，

"将不同以往，他们身当正道，

"向邪恶发起决战。他们的战友用鲜血

"重新赢得资格，使光荣的民族繁衍。

"他们挑战死神，与其直面也不曾胆寒。"

男孩们答道："我们将不复从前！

"乔治双腿尽失，比尔双眼俱残；

"倒霉的吉姆肺被贯穿，死生一线；

"而伯特逝于梅毒……你可曾发现

"谁服役归来，却没有改变？"

主教作结："主的道路，本难预见！"

基地生活

若我暴躁、谢顶、呼吸浅急，
便可同面色绯红的少校们同住基地，
打发沉郁的英雄们去前线送死。
我会绷起胖大暴躁的脸，
狂饮暴食于最高级的饭店，
我会看着阵亡名册说："可怜的年轻人，
"我和他爸爸曾是故交。
"好吧，这一仗输得够惨。"
当战争结束，当年轻的人们尸骨已寒，
我便晃回家去，老死在床笫之间。

哀 悼

我在基地卫兵室里和他遭遇，

漆黑当中，我循着哭喊闯了进去。

一位军士面带迷茫与容忍将他看守。

安抚已是徒劳，而他只顾捶胸恸吼。

因为兄弟去了西线[1]，

他痛诉起战争的凶险；

哀叹，呼喊，啜泣，呜咽，

他的悲痛肆无忌惮，

这个半裸跪坐的人，我知道

他已丧尽爱国情感。

1　西线：第一次世界大战的西方战线是指 1914 年战争爆发后，德国入侵比
利时与卢森堡后所开辟的战区。

将军大人

上个星期我们奔赴前线，

途遇将军，向我们连道"早安"！

沐浴他笑颜的兵士，而今已牺牲过半，

我们骂他的参谋部尽是些无能的笨蛋。

背负步枪和行囊，前往阿拉斯[1]的路上，

哈利曾对杰克咕哝：

"好一位活泼诙谐的老首长。"

而将军的出击方案，已让这两位双双命丧。

1　阿拉斯（Arras）为法国北部加来海峡大区加来海峡省的市镇，一战中因
接近前线，附近战役不断，这些战役被统称为阿拉斯战役。

死 法

当黑云闷烧转红，
清晨便点亮地上的弹坑。
濒死的士兵转头
面向重降的光明，
他抬手指向天空，
那里圣火熊熊。
他眼中余辉闪烁，
唇间默念一个姓名。

你听人说过，故而猜测
士兵呜咽咒骂着奔赴西线
脸庞阴郁如白垩，
渴望着花圈、坟墓和灵车。
但他们饱受教导，会依照
基督徒战士的方式，走得安详，
没有颤抖的呻吟，

而是怀着高尚的品位，

经受死亡。

主笔的收获

谈起访问战壕的光荣记忆，

他仿佛万分笃定诸事顺利。

"看得出来，

"您印象深刻。"微笑的小兵

背伤深重，那是一次疯狂出击

失败后的结果。

"印象？生动极了！

"依照观战记录，我正写一本小书，

"名叫《拷问台上的欧洲》。

"但愿我能传递无上的军魂，

"并抓住前线的感受。

"老天爷啊，飞行员真了不起！

"我眼看一个胆大的伙计

"猛禽般上下盘绕飞高俯低。

"通过这些我能体会

"使咱们胜利的壮美光辉。"

而小兵抿了一口酒：

"是啊是啊，但媒体才是火车头！"

战斗到底

男子汉们回来了。乐队鸣奏，旌旗飘舞，
小报记者挤在阳光下的街道上，
欢庆战士们躲过死亡，
倾听凯旋步履的声响。
　"战争带来那么多恐惧和狂热，
　"数这一刻最是荣光。"（记者如是想。）

冷峻的燧发枪手打破队列，携着冷光，
铿然装上刺刀，冲向乌合之众。
这个任务，总算轻松。

我听见记者们哼唧叫嚷，
便带着可靠的投弹手转了个方向——
议会中也满布垃圾，等待清场。

暴 行

借酒后的谵妄，你吹嘘

屠杀俘虏的事迹。真了不起！

当他们遵照俘虏的本分站在那里，

隐忍，怯懦，你定无丝毫犹疑。

你当时手段如何，不妨大方地讲讲，

德国人的死法，谁都知道我愿闻其详。

就像他们在地下坑道里高喊："投降！"[1]

却等来炸弹，尖叫如白鼬一样。

你呢？我知道你的过往。

你见任务艰难，心生厌倦，

便用谎言和伎俩得以卸甲归田。

如今吹着牛皮，豪饮在这间酒馆。

---

1 "投降！"：原文作者写为"Camerad"，是作者根据德语发音用英文拼写出的词，其德语原文"Kamerad"，本意是"伙伴、同志"，为德国士兵投降时所说。

两位父亲

两位父亲瘫坐于酒馆，
言行粗鲁，侃侃高谈。
"我长子驻扎巴格达，
"不时写信报报平安。
"但亚瑟才算志得意满，
"身在阿拉斯，有长枪把玩。"

"这才叫走运，"另一位呼吸带喘，
"我儿子却满心埋怨，
"耽搁在英格兰，训练了一整年。
"但没关系，若是传言属实，
"野蛮人不会死心，
"非等到被咱们赶过莱茵河岸。"
我这两个垂暮的伙伴，
东倒西歪挪出了酒馆。

"苍蝇"

厅堂爆满，一排排宾客春风满面，

对着表演喋喋品鉴。娼妓们列队阔步，

将副歌尖声唱出，沉醉于喧浮。

"这些老坦克，德皇想必爱死了！"

坦克，我倒愿它驶向正厅前排，

将它沉重步伐踏上《甜蜜的家》[1] 或雷格泰姆[2]，

让这音乐厅里不再有谁

去揶揄尸骨累累的巴波姆[3]。

1　《甜蜜的家》（*Home, Sweet Home*），在这里应指英国人亨利·毕晓普（Henry Bishop, 1786–1855）作曲、美国人约翰·霍华德·佩恩（John Howard Payne, 1791-1852）作词的古典歌曲。

2　雷格泰姆（Ragtime），一种美国流行音乐，带有非洲音乐的节奏。

3　巴波姆（Bapaume），法国北部城市阿拉斯下辖的市镇。参见前面对于阿拉斯的注释。

女人的荣耀

你爱我们身为英雄的荣归，
你爱重大战役留给我们的伤痕，
你崇拜勋章，相信骑士精神
足以抵偿战争的沉沦。
你给我们制造枪弹，你欣然聆听
肮脏凶险的传奇，温柔地震颤。
我们战斗时的激情，得你在远方加冕。
当我们罹难，你哀悼我们不朽的桂冠。

你不相信大英军人会被地狱的梦魇击溃，
你不相信他们会"撤退"，
不相信他们在逃窜中血污遮眼，将残尸踏践。
（炉边做梦的德国母亲啊，
要寄给儿子的短袜还没织完，
他便遭人踩踏，脸庞在泥中深陷。）

他们的脆弱

他负伤荣归，一切安全，于是
战争变得伟大，勇敢，前景豁然。
那些倒霉的俘虏如何苦挨，
不再与她有关。

他回到法国前线，她便憎恨那张皇的无力
和他困境里的凶险。
她夜夜祈祷和平，
恳求上天将他奉还。

丈夫、儿子、爱人，死不得其所，
战争将我们血液榨干。
母亲、妻子、情人，什么都不管，
只要他一人保全。

无所谓吧？

无所谓吧？双腿皆残，
人们总是如此友善，
当他们踢过足球冲进酒馆，
对松饼和鸡蛋狼吞虎咽，
你的难过无须表现。

无所谓吧？失去双眼，
有那么好的工作给盲人去干，
何况人们如此友善，
随你坐在阶上回想，
并将脸庞转向阳光。

无所谓吧？弹坑残余的梦魇，
何不纵酒，遗忘，开怀释然，
没人会笑你痴狂疯癫，
他们知道你曾为国家奋战，
相信国家会为你安排妥善。

幸存者

他们自会迅速好转，纵然休克和紧张

让他们言辞断续，语句凌乱。

他们当然"向往再赴前线"，

这些青年，苍老惊恐的脸，步履维艰，

必会转眼遗忘那些闹鬼的夜晚。

遗忘对于死去战友阴魂的顺从。

遗忘淋漓杀戮之血的梦境。他们必定

自豪于这击碎所有骄傲的光荣战争……

出征，是严肃与亢奋的男人，

归来，是满眼愤恨、支离与癫狂的孩童。

克雷格洛克哈特[1] 1917 年 10 月

---

1 克雷格洛克哈特（Craiglockhart）为一所医院的名字。萨松因炮弹休克
（shell shock）进入该院治疗，在此期间作了这首极具讽刺性的诗。

喜 钟

敲响你们动听的钟，让它永远挥别
诱我们穿上戎装的虚妄憧憬；
让群钟摆荡，唱出欢快的绝响。

若我们只要枪炮，何故让那堆金属
在风急的钟楼摇晃？大钟只会敲打和平，
何妨将它们消熔，让它们讲述战争、
咆哮劫数，对着太阳以炮弹猛攻。

大钟如同怒目的教士，宣示说：
"若我主归来，必为我辈奔赴战场。"
那不如让钟和主教
与兵车偕行。

肢体和人

小克里塞来到卡克斯顿厅 [1]
同索邦上校会面。
伤势虽经疗愈好转，
他仍盼病休可得迁延。

等候室里冷清阴暗，
他见有张告示挂在壁炉上方，
裱框体面，告知残疾的英雄们：
假肢如何置办，价格怎么计算。
另有堂皇的建议，告诉军官
何以免费获得成全。

臀或者膝，肘或者肩，
双臂和双腿，哪怕统统不见，
也可安装妥当，不必花钱。

1　卡克斯顿厅（Caxton Hall）：位于伦敦威斯敏斯特的一栋建筑。

这时一位女童军探出头来：

"克里塞上尉，请走这边。"

当我置身灯火璀璨

当我置身灯火璀璨，
与众军官在鸡尾酒吧
品鉴艳俗的音乐和雪茄，
看着女人们厮混的欢颜，
我便不时忆起夜晚的花园，
榆树对着星子把头轻点。

我梦回火光映照的玲珑房间，
暖色烛火亭亭燃烧，
照片在暗处把烛光微闪，
亲切的书册我总不忍释卷。
每逢无法独处的时刻，
我总爱把这些美好出神惦念，
：却有人问询"再来一杯？"
使我一颗欢心倏忽黯然。

吻

对于他们，我信任和倚仗——
我铅做的兄弟、钢做的姊妹。
他虽有眼无珠，却是我仰赖的力量；
她的秀美，我不叫锈迹亵渎。

他旋转燃烧，最爱凌空飞纵，
然后破开颅骨，为我赢得功绩；
而在崇高的行军路上，
她赤身辉耀，冰冷而妖娆。

这可人的姊妹啊，且与士兵相随，
让他在狂怒之时，感到脚踏的身躯
在你俯冲的热吻下
瑟缩枯萎。

墓碑匠

他抿起朱红细长的唇，
头倚哀伤天使的胸口：
　"如今那么多丧亲之痛，
　"你定以为我生意兴隆。
　"可战争对穷人格外残忍，
　"若不结束，我快不名一文。"

他望着马路对过的坟场：
　"无数遗体横陈异乡，
　"不知这种惨状，该怎么安葬？"

我致以同情的微笑：
为了油脂，德军会烹煮死去的战士。
他惶然说："这罪孽何等肮脏！
　"长官啊，基督徒不该如此收场！"

独腿人

他撑一根拐，眺望八月旷野，
果木低矮，干燥窑的风帽涂了油彩；
玉米堆在田间，篱笆墙弯弯绕绕，
狗在叫，家禽也不知在哪儿叫。

快到家了，他何曾这般
渴望回归家园？
安逸的年岁已很遥远，
可生而为人，难道不该将它讨还？

吃饭，睡觉，娶妻，
带着安全的创伤，回到人间。
他欢快地跛行，进了院子，
暗想："能被截肢，真是感谢上天！"

英雄凯旋

人群中有位女士，

自豪，亢奋，脸颊绯红。

"看！达德斯特爵士！杰出的统领！

"容光满面，绶带缀满衣衫！

"多么高贵！向他致敬！（芙蕾达，快将旗子挥动！）

"是啊亲爱的，我见过普鲁士将军，就在慕尼黑城。

"又来了辆马车！杰克曾服役李季特军团中，

"他在那里！……是斯图莫爵士吧？

"那位敦实的先生。

"他们必定深感遗憾，不能重返沙场

"再建奇功！多么伟岸的男子！且会谈笑风生！"

十二个月后

看！我带的那排士兵，去年并肩的弟兄。

"战争会很快结束。"

　　"哪来的希望？"

　　　　"不许惶恐！"

随后见我来到，"第七排立正！如数到齐！"

他们站在太阳下边，板起面孔，身躯笔挺。

小吉布森却照旧微笑；摩根憔悴苍白；

乔丹曾因某夜出勤，得了特等军功；

休斯最爱拍发电报，而戴维斯 79 号 [1]

总争着在锋线扫射德国佬……

"老兵永远不死，只是凋零退场！"

上个春天，他们还这样咏唱；

---

1 按照英国军队中的习惯，为了对常用名进行区分，会在名后附加数字，该数字通常是入伍编号或出生年。此处的"79"当指戴维斯出生于 1879 年。本诗作于 1918 年，而在诗中描写的 1917 年，戴维斯已是 38 岁的老兵了。

发动攻势前，他们也挂在嘴边，

而今他们每一个，都已凋零退场。

致某位已逝的军官

请告诉我，你在天堂过得如何？
我想知道你一切都好。
告诉我，你是已觅得永昼，
还是被无尽的沉夜吞没？
一闭上眼，就看见你清晰的脸，
听见你说那些说过的欢言。
我能靠记忆使你复现，
即便你早已巡逻于黑暗。

你讨厌在战壕里奔走，最自豪是
挥霍过许多幸福的旧岁。
你向往回到家乡，同那些无忧的青年
一起踏实工作，并给友情留出余闲。
可这些都成妄念。你如今那么遥远，
此世间，再无机缘将你讨还。
结束你的是机关枪弹，于一场
荒唐徒劳的攻坚战。

不知怎么，我对这结局早有预感，

因你不顾一切渴望活着，

你太知道这世界何等丰饶，

因此全力争取把自己保全。

你讲着关于炮弹的陈旧笑话，

咬牙把那肮脏的任务干得妥帖，

一边嚷着："老天爷！什么时候了结？

"还要三年？生不如死啊，除非拿下他们的防线。"

当我获知，你被丢下自生自灭，

我不愿接受，却知道那不是谎言。

过了一周，读到那血淋淋的阵亡名单：

"负伤、失踪"——（这是一贯的说辞，

而当战士被丢在弹坑慢慢等死，陪伴他的

唯有剧烈的创痛，和空荡荡的天空，

他为一滴水呻吟渴求，直至察觉

已经入夜，于是睡去，不再劳心盼望黎明。）

老伙计，再见！替我向上帝问好，

告诉他政客们的承诺——他们说

英格兰决不退缩，

直到将普鲁士的统治彻底掀翻……

你在听吗？

是啊，最少两年之内，战争不会终结，

而无数的士兵已经……泪水已盲了我的眼，

所见唯有黑暗。多么完满！

我只愿，他们让你死得体面。

病 休

我正在梦里，温暖地安眠，

那些游魂便悄然出现。

昏沉中风暴裹挟碎浪破空，

于上方轰轰隆隆，

他们自幽暗现身，在我床边围拢，

那窃语直抵心胸，与我念头相通。

"你为何在此，却离弃了守卫的职责？

"从伊普尔到弗里斯 [1]，战线上苦寻你不得。"

伴着苦涩的安定醒来，我感到无可依托，

当黎明伴着骤雨降临，

我想到营队正在泥里腾挪。

"你何时出去同他们重逢？

"他们难道不再是你血亲的弟兄？"

---

1 伊普尔（Ypres）为比利时西佛兰德省的城市。第一次世界大战期间，处于德法战争的重要战略位置，发生多次战役，并且是世界上首次应用化学武器的地方。弗里斯（Frise）是法国皮卡第大区索姆省的一个市镇，为1916年索姆河战役的前沿阵地。

放 逐

那些耐心的斗士将我放逐。

我被他们捶打出悲悯，且竖起傲骨。

他们痛苦地肩并着肩，

与生命的光明原野渐行渐远。

他们的过错也曾是我的。我目送他们

骄傲地列队走开，而他们又结对成排地

死去。冲那些将他们

遣往寒夜的人，我不驯地嘶吼。

黑暗会讲述我徒劳的抗争，

我要将他们解救出牢笼，

那里只有在枪炮下撕裂、残缺和抽搐的沉梦。

爱是我反抗的因由，爱驱使我

回到他们身边，一起摸索这地狱的尽头。

在他们饱受摧残的目光里，我已得到原宥。

秋

十月的怒吼斩碎
青铜色病树的阵列。
在它们的恸哭里有谁
在哀悼无果的收割
和怒汉们的龃龉。他们性命
如废墟间散落的朽叶，
在西延的熔炉边飘零不歇。
无谓牺牲的青年，颠沛的壮年，
你们的过失承于我肩。

战争经历抑制法

燃起蜡烛吧，一根，两根；有飞蛾，

这愚蠢的乞丐，笨拙的闯入者，

将双翼烤焦于荣耀、飘忽的火苗……

不不，别再想了，不该想起战争，

别让你终日钳制的恶念抬头恐吓，

不是验证了吗？只要制服丑陋的念头，

士兵就不会发狂，不致跑进树林喃喃谵语。

点起烟斗，看，手并不颤抖。

深呼吸，数到十五，放空念头，

然后你便洁净如雨……怎么不下雨呢？

多盼望今夜来场风暴，

用瓢泼大水将黑暗洗淘，

并且打湿玫瑰，让她们头颅低垂。

书卷，多么宜人的伙伴，

立在架上，耐心而默然，

披着深棕、黑色、白色、绿色……

各种色彩的封面。读哪一本呢？

好歹读些什么，它们满纸灼见。

相信我，世上所有睿智

都在架上等你翻阅，而你却

坐在那里啃咬指甲，任烟斗熄灭，

谛听静默：屋顶一只

硕大昏乱的蛾，扑打翅膀四处冲撞，

而屋外的死寂里，园圃在守候迟来的什么。

树林间必有成群的魂魄，

他们并非死于战火——战火远在法国——

他们是披着寿衣的可怖轮廓，是享过天年

缓慢死去的老者，他们曾携带丑陋的灵魂，

用下流的罪孽蚀光了整副体格。

你安详平和，在家中躲避暑热，

完全忘了曾经历过战争！

不，你没忘，因为还能听见炮声。

听！砰、砰、砰……微弱却永不止歇，
这耳语不休的枪炮，我多想冲出去尖叫，
让它们停止吵闹！我已濒于疯癫，
心力快被耗干，在隆隆声里狂躁地瞪着双眼。

一 起

当我在沼泽遍地的林中

终日跋涉，当我翻越荆棘，

满手灰泥，我不会将他忆起。

当水润的土地变成深棕，

当猎犬跟丢了狐狸，马儿喘起粗气，

我知道在归家路上有他一起

穿越黑暗，走进傍晚的火光里。

闪亮的巷子路上，他跳过台阶每一级，

他会握住裹满泥巴的缰绳，

听马鞍吱吱叽叽，

猜测下周会迎来霜降天气。

我将在晨光里将他忘记，

当我们策马疾驰，他决不同我攀谈，

而在马厩门口，他总会道声晚安。

山楂树

那条小巷我每天经过，
于我而言并不独特，
可当细雨过后，
鸟儿在篱笆上欢歌，
我便想起伙伴身在法国，
眼前尽是可怖之物，
却会在一瞬将目光抽离，
投向我们的白色山楂树。

那条小巷于我并不独特，
对他却是神往的天国。
而当细雨过后，
我想自己会忘记哭泣，
直到得知他的死期。

音乐派对（埃及大本营）

自暮光中，他们渐渐聚拢，
成群呢喃的人翻过幽蓝沙丘，
围向声音的源头——
钢琴清脆搏动，当当叮叮……
他们走出帐篷泛着微光的轮廓，
脚踏缓慢涌动的沙，迈向灯火。

穿白的淑女啊，请用柔和的颤声
为我们唱出故国的歌。
幽暗掩藏我们脸上的饥饿，
面孔自黑夜里升腾，结成墙垛，
那些眼睛尚且记得
许久不见的故园景色。

女人的歌声疲惫而欢乐；穿棕的小伙
将帽子倾侧，他苍白，消瘦但活泼，
是镇上来的演员，抖着一串钥匙应和。

《上帝送你回家》《一条漫长的路径》

《我听见你在挑逗》，还有迪克西兰 [1]······

慢慢地唱着······现在是副歌······一首接一首

我们听着，往胸膛浇灌着，直到派对解散。

静静地，我看着士兵成群伫立，身影迷离，

静静地，他们走过晶莹的沙海，远远去了。

坎塔拉 [2] 1918 年 4 月

---

1 迪克西兰（Dixieland），源于美国路易斯安那州新奥尔良，是一种早期爵士乐类型。

2 坎塔拉（Kantara），埃及东南部城市，苏伊士运河穿城而过。

护航之夜 （亚历山大港至马赛）

黑暗里狂风大作，群星的微光
窥探着甲板。那狭长的阴影——
瘦削的驱逐舰，航线与我们平行，
它们跌宕却安静，抛离身后的海水，
刺穿冰冷的卷浪，将这段艰险的旅程守望。

吊艇柱旁，一位哨兵无言伫立，
船身骑着波峰行进在夜里。
舱内每一丝光线都被掩藏，
运兵船被嘶叫轰鸣的怒涛涤荡，
承受着响似炮声的冲撞，颤抖于劫数。

我脚边有谁叹息反侧，
又慢慢适应在漆黑中摸索；
我知道轻甲板上从头到尾
满是裹着毛毡入眠的战友，
头挨着头，于这命在旦夕的时刻，

静静地躺卧，筋疲力尽，

全无抵抗之心。

我想起阿拉斯，想起山丘之上，

我因剧痛而昏沉，磕绊于遍地尸身。

我们在归家途中。运兵船满载

炽烈的苦痛，怀着悸动摇摆前行。

我们，三千条受难的魂灵，

正在归家途中。

1918 年 5 月

寄往家乡的信（致罗伯特·格雷夫斯）

I

我坐在自己安静的

阁楼房间里，幽暗之处。

法兰西盘绕飞舞，

羽毛是被五月加冕的林木。

我抽着烟斗，心绪平定，

回想战争是怎样打响，

猜度我们何时让它收场，

把它打回地狱，连同发动者威廉二世，

我们将钳住喧嚣，扛起行囊，

士兵们会井然地打道回乡。

——我有更好的行当，

不该对你徒费时光。

II

罗伯特，当我今夜打着瞌睡，
在昏沉的边缘迂回，
在迷离光下追逐变幻的梦，
我终会在某处和你相逢，
在那个地方，你转头嘱我跟上，
我挥舞手臂呼喊着你，
我越过藩篱，追逐扭曲的笑容
和难解的笑声，
我轻快地奔跑，飘浮，跳跃，
进入你结满蛛丝的森林和幽谷，
萤火虫、星星在那里窥探，
我终于寻见，你独立山巅，
不动如石头一般，
望向远方，庄重地思量
纷杂的队伍如何游荡于山峦。

III

饥饿的严冬，
你和我曾共同走过。
我们很快乐，因为知道
时间和朋友都太少。
我们很难过，因为思念
一个金发的少年，他曾受过
诸神的亲吻；诸神将他眷顾，
乃至要他永远作伴。
此刻他也在这里，我看见
战士大卫一身戎装
站在林间，而树木摇晃，
应和着他的吟唱。
他回来了，无比欢快，闪着光芒，
好像童话里的王子一样。

冬天曾带他去了远方，
五月的花蕾又送他还乡。

IV

我就知道你会赌咒，

说据你所见，他身佩湛蓝，

双手各擎一朵云彩，

阔步于晨间。你会说：

他在威尔士行军，

手挽落叶松和橡树；

他整夜躲在丘陵的暗处，

黎明又狂笑于湍流的溪间。

甚至，确凿无疑，

他给几队山毛榉讲授警戒方案。

而我可以笃定，正如我站在此间，

他照拂于每片土地，

歌唱于整个世间，

只要我们想起他的脸。

V

罗伯特，法国正在打仗，
人们横冲直撞或者跌跌撞撞，
流汗，咒骂，崇拜运气，
在大炮轰鸣中眯着眼睛爬行。
步枪爆射，子弹纵横，
好像蜂群在嘤嘤嗡嗡；
粉碎的尸骸，早被草草掩埋。
然而，越过酷烈的战斗飓风，
我的目光总在守望
指引我方向的火星。因我知道，
梦想必将获胜，哪怕黑暗总在上空
怒目俯瞰我所有的行踪。
你能听见我，你能将光彩的愚见
融进我清脆的奏鸣，

当我们坚信那梦想，

就能纵情嘲笑战争！

和 解

当你站在你的英雄墓前，
或临近他战死的无人乡间，
凭你心中重燃的骄傲，
请追忆德国战士的忠诚和勇敢。

人如野兽般厮斗，行径如此丑陋，
你也残酷盲目，滋养了世上的怨仇。
而等你到了耶稣受难之处，
必会邂逅杀子仇人的慈母。

1918 年 11 月

灵位（伟大战争）

乡绅威逼利诱，终于把我送去战斗

（依照德比爵爷[1]的方案）。我死在了地狱

（叫做帕森戴尔[2]的地区）；我伤势倒不严重，

正在蹒跚回营，一枚炮弹炸开，将垫板溅上泥泞，

我脚下打滑落入泥坑，再也不见光明。

教堂祷告之时，那绅士在椅上安坐，

当我的名字在他眼前闪过，他不免稍事琢磨。

我名字虽不靠前，毕竟也上了名单，

"谨致荣耀、崇高的纪念"——这便是我应得的美言。

为了乡绅，我在法国拼斗两年，

承受的折磨，他做梦也不曾想过，

1　德比爵爷（Lord Derby），此处指第17代德比伯爵爱德华·乔治·斯坦利（Edward George Villiers Stanley，17th Earl of Derby，1865—1948），他在1915年作为征兵总负责人，制定了所谓"德比方案"以提高征兵效率。

2　帕森戴尔（Passchendaele，现作 Passendale），比利时西弗兰德省一村庄，靠近伊普尔（见《病休》一诗注释），一战时帕森戴尔战役发生地。

某次归家休假过后，我便去了西线。

　　得此荣光，我还有什么埋怨？

临终榻上

昏沉中，他察觉寂静在四周累积，
仿佛岿然不动的墙；
河水如漂流的琥珀色光，
乘睡意的翅膀升腾、摇荡。
寂静，安稳，不见月亮，
死亡的波浪拂过来，轻吻他生命的长堤。

有人将水送到他唇边。
他并不抗拒，吞咽然后呻吟，
又从殷红的阴沉跌入黑暗，
忘却隐隐的抽痛源于自己的创口。
水，绿悠悠地漫过河堰，
水，是载着天空的小巷，供他行舟，
水涧闻鸟鸣，边界是倒映的花丛
和夏天荡漾的光影：他逐流而下，
垂下适意的双桨，舒一口气，安眠。

病房入夜了，一阵风

将帘幕掀起，舞成剔透的曲线。

夜。他眼睛已盲，看不见星星

透过悠游的云影眨动；

古怪的斑点，绛紫，绯红，花青，

在他沉沦的眼里扑朔、消融。

雨。他能听见暗中沙沙的雨声；

雨，芬芳和低平的音乐织成。

暖雨让玫瑰垂下了头；淅沥的雨丝

将林木浸透；那不是滂沱的雷暴，

而是涓细的缓流，携生命轻柔地远走。

他惊醒过来挪动身体，剧痛

这潜伏的狂兽跃起，以生猛的爪牙

攫住、撕扯他摸索的梦境。

有人伴在身边，于是邪恶之物

不久退却，他兀自仰卧战栗。
步步逼近的死神，此时驻足、凝视。

请多多燃起灯盏，请聚拢在他床边。
借给他双眼、温暖的血和生之欲念。
对他说话，将他唤醒，他还有获救的可能。
他那么年轻，憎恨战争，那些冷酷的老政客
尚且安然偷生，他怎能殒命？

然而死神答道："我选择他。"于是他去了，
夏夜寂静。
寂静，安稳，睡之面纱。
远处的所在，隆隆炮声。

后　果

你难道已经忘记？

如同十字路口的等候，岁月的窒息

已成过往，世事运转如常。

你心中难以弥合的缺口，

已被明朗的生命天国里

思绪的流云遮蔽。你的死刑得了缓期，

有许多安逸的天年，且自消遣。

然而过往已固定不移，战争仍是血腥的游戏……

你难道已经忘记？

低头看吧，以死难者的名义，发誓你永不忘记。

你是否记得黑暗的几个月里，你在马梅斯[1]把守扇区，

守夜、发报、挖掘战壕，在护墙上堆垒沙包？

1　马梅斯（Mametz），法国索姆省市镇。一战时，协约国与德军在此有过
激烈交战，尤其是1916年索姆河战役期间。

你是否记得那些老鼠、战壕前沿恶臭的尸骸，

还有肮脏惨白的黎明，伴着浇灭希望的冷雨降临？

你难道已不再追问："这一切可会重来？"

你是否记得进攻前的喧闹，

是否记得当你注视战友无望、憔悴的脸庞，

那将你攥紧并且摇晃的愤怒

和不知何往的悲凉？

你是否记得斜在身后的担架上

那垂荡的头颅和濒死的目光，

还有年轻的脸上，欢乐、热切、善良

都变成灰白如土的沧桑？

你难道已经忘记？

抬头看吧，以春日碧野的名义，发誓你永不忘记。

战争歌谣集

五十年后，当战场残忆
在和平光芒中消弥，
梦想冒险的青年便要感伤，
并向遗失的过往
投去自豪的目光。
冬天夜晚，夏日早上，
他们会燃起对战斗的热望，
读着士兵之歌的断章——
野性而自得，凶残而雄壮；
愤怒的行军节律缀满
空洞的哀悼和颓萎的欢畅，
他们却欣羡那段光辉前路，
向往用牺牲救赎故土。

某位银发老者
抬起沧桑的脸说：
"战争是劫掠光阴的魔鬼，

"虽然我们以冷酷和激情面对。"

他又谈起黑格[1]最后的行动,

人类亲手搭建然后砸烂的屠场,

他感叹竟有人能活着走出,

来清洗世界的遗毒。

男孩们笑着乜斜双眼,

暗叹可悲的爷爷已不复当年。

他们梦想在法兰西作战,

并及时抽身安享余欢。

---

1 英国陆军元帅道格拉斯·黑格(Douglas Haig, 1861—1928),因漠视士兵生命,且指挥失当造成己方大量伤亡,而有"索姆河屠夫"的称号。

众人咏唱

众人一时咏唱起来，
我欢喜满怀，
如重获自由的囚鸟，
恣意飞掠白色果园和葱绿田野，
振翅不停，飞离视线。

众人抬起音调，
美好遂如晚霞燃烧。
我心颤动涕零，惊恐随泪水漂远……
但谁不是飞鸟一般？
那歌虽无言，鸣唱却永无终点。

1919 年 4 月

'Old soldiers never die; they simply fide a-why!'

Everyone suddenly burst out singing,
And I was filled with such delight
As prisoned birds must find in freedom
winging wildly across the white
Orchards & dark green fields; on — on — and out of sight.

Everyone's voice wa...
and beauty came...

suddenly lifted,
like the setting sun;

My heart was shaken with [tears; and anguish]
drifted away; O, but Eve[ryone]
[There] was a bird; and the song
will never be done.

rs, and horror

ue

ro worthless; the singing

Everyone Sang

西格夫里·萨松

（1886 — 1967）

西格夫里·萨松于 1886 年 9 月 8 日出生在英国肯特郡。他的父亲是一位富有的犹太商人，他的母亲是一位艺术家。萨松曾在剑桥大学学习，但没有完成学位。此后他过着舒适的乡下绅士的生活，他狩猎和打板球，同时还出版了少量的诗歌。

1915 年，他的哥哥在加里波利去世，这让他受到重创。1915 年 11 月，他终于走上了法国的前线。在这里，他对堑壕战的现实感到震惊。战争的丑陋对他的诗意有着深刻的影响。他也受到诗人罗伯特·格雷斯福的影响。格雷福斯的作品加上他自己关于战争恐怖的第一手经验，鼓励他写出坚韧不拔的现实主义诗歌，强调战争的悲剧和徒劳。

在前线，萨松以无畏的勇敢行动赢得了声誉。他经常承担危险的任务而不顾自己的安危，有一次，他单枪匹马地在兴登堡防线上攻下严密防守的德国战壕，用手榴弹打败了大约 50 名德国士兵。然而，他对要一个人攻下德国战壕的反应是坐下来阅读一本诗集，而不是发出增援信号。

战争结束后，萨松成为了《每日先驱报》的文学编辑并且开始写近乎自传体的小说《狐狸狩猎者回忆录》（1928 年）。1933 年，他与海丝特·加蒂结婚，他们育有一个儿子，但在第二次世界大战后他们的婚姻破裂。

1967 年 9 月 1 日，萨松去世。

Siegfried Sassoon reading 1923

"Good-morning; good-morning;" the General said,
When we met him last week on our way to the Line,
Now the soldiers he smiled at are most of them dead,
And we're cursing his Staff for incompetent swine.
"He's a cheery old card!" grunted Harry to Jack,
As they slogged up to Arras with rifle & pack,
But he murdered them both by his plan
                                    of attack.

———————

Siegfried Sassoon

Feb. 7th. 1919.

《将军大人》

The General 1919

Died of Wounds.

His wet, white face & miserable eyes
~~Brought~~ Brought nurses to him more than groans &
But hoarse and low and rapid rose & fell   sighs;
His troubled voice; & he did the business well.

The Ward grew dark; but he was still complaining,
And calling out for 'Dickie'. "Curse the Wood!
'It's time to go; O God, & what's the good? —
'We'll never take it; & it's always raining.'

I wondered where he'd been; then heard him shout,
'They snipe like hell! O Dickie, don't go out! '...
I fell asleep: next morning he was dead;
And some Slight Wound lay smiling on his bed.

———————   S.

《死于创口》

Died of Wounds 1916

Trench-Duty.

I'm dazed with sleep, and numbed, and scarce awake.
Groping in gloom with three hours watch to take,
I blunder through the sucking mud; and then
Hear the gruff, muttering voices of the men
Crouching in cabins candle-chinked with light.
Hark; there's the big bombardment on our right
Rumbling and bumping; and the dark's a glare
Of flickering horror in the sectors where
We raid the Boche; men waiting, stiff and chilled,
Or crawling on their bellies through the wire.
"What? Stretcher-bearers wanted? Someone Killed?"
Five minutes ago I heard a sniper fire:
Why did he do it? ... Starlight overhead, —
Blank stars. I'm wide-awake; and some chap's dead.

《战壕执勤》

Trench-Duty 1917

How to die.

Dark clouds are smouldering into red
While down the craters morning burns.
The dying soldier shifts his head
To watch the glory that returns:
He lifts his fingers toward the skies
Where holy brightness breaks in flame;
Radiance reflected in his eyes,
And on his lips a whispered name.

You'd think, to hear some people talk,
That lads go west with sobs and curses
And sullen faces white as chalk,
Hankering for wreaths and tombs and hearses.
But they've been taught the way to do it
Like Christian soldiers; not with haste
And shuddering groans; but passing through it
With due regard for decent taste.

《死法》

How to Die 1919

Glory of Women.

You love us when we've heroes, home on leave,
Or wounded in a mentionable place.
You worship decorations; you believe
That chivalry redeems the war's disgrace.
You make us shells. You listen with delight,
By tales of dirt and danger fondly thrilled.
You crown our distant ardours while we fight,
And mourn our laurelled memories when we've killed.

You can't believe that British troops "retire,"
When hell's last horror breaks them, and they run,
Trampling the terrible corpses,—blind with blood.
    O German mother dreaming by the fire,
    While you are knitting socks to send your son
    His face is trodden deeper in the mud.

《女人的荣耀》

Glory of Women 1917

A Mystic as Soldier.

I lived my days apart
Dreaming fair songs for God.
By the glory in my heart
Covered & crowned & shod.

Now God is in the strife
And I must seek him there,
Where death outnumbers life
And fury smites the air

I walk the secret way
With anger in my brain,
O music thro' my clay,
When will you sound again.

《作为神秘主义者的战士》

A Mystic as Soldier 1916

Concert - Party. (Egyptian Base Camp).

They are gathering round....
    Out of the twilight; over the grey-blue sand,
    Shoals of low-jargoning men drift inward to the sound —
    The jangle and throb of a piano.... tum-ti-tum...
    Drawn by a lamp they come
    Out of the glimmering lines of their tents, over the shuffling sand.

O sing us the songs, the songs of our own land,
you warbling ladies in white.
    Dimness conceals the hunger in our faces, —
    This wall of faces risen out of the night, —
    These eyes that keep their memories of the places
    So long beyond their sight.

~~Faded~~ Jaded and gay, the ladies sing: and the chap in brown
    Tilts his grey hat; jaunty and lean and pale,
    He rattles the keys, ... some actor-bloke from town...
'God send you home; and then,' A long, long Trail';
' I hear you calling me; and "Dixie-land".....
Sing slowly ... now the chorus... one by one,
We hear them, drink them; till the Concert's done.
    Silent, I watch the shadowy mass of soldiers stand.
    Silent, they drift away, over the glimmering sand.

                          S.S.

Kantara. Egypt.
April 1918.

Can you suggest improvements? ....
I've sent this to Squire, + told him
to slate it if its no good. I've been
trying to get it finished since April.

M.S. Don. c. 2 (fol. 141)

《音乐派对》

Concert Party 1914

Memory.   2.

I thought of oaks, yellow & bronze in May,
Translucent with the sunshine; orchards young
With pink & silver: footing far away,
In dreams I saw the leisured cloud-flocks hung
Serene along the blue: and I could hear
A thicket-hidden thrush speak loud & clear.

  As lonely men in town long to drink,
  Of song & light & ladies did I think.

I thought of him, & knew that he was dead;
I thought of his dark hour, & laughter killed;
And the shroud hiding his dear, happy head;
And blood that heedless enemies have spilled —
His blood. I thought of rivers flowing red,
And crimson hands that laid him in his bed.

_____

《回忆》

Memory 1913

Edmund Blunden, Siegfried Sassoon and Dennis Silk

扫一扫，

分享你的读书心得，看看同爱这本书的人都在聊什么。

关注"果麦麦的好书博物馆"，每天推荐一本好书，

90 秒体验阅读快感，看编辑大大各显神通，

为你定制专属书单。

心有猛虎，细嗅蔷薇：萨松诗选

产品经理｜赵　越　　　书籍设计｜付诗意

产品监制｜何　娜　　　技术编辑｜白咏明

责任印制｜梁拥军　　　出品人｜吴　畏

图书在版编目（CIP）数据

心有猛虎，细嗅蔷薇：萨松诗选 / （英）西格夫里
·萨松著；段冶译. -- 上海：上海文化出版社，
2019.7
　　ISBN 978-7-5535-1656-1

　　Ⅰ. ①心… Ⅱ. ①西… ②段… Ⅲ. ①诗集－英国－
现代 Ⅳ. ①I561.25

　　中国版本图书馆CIP数据核字(2019)第130468号

出 版 人：姜逸青
责任编辑：郑　梅
特约编辑：赵　越
封面设计：付诗意

书　　名：心有猛虎，细嗅蔷薇：萨松诗选
作　　者：西格夫里·萨松
译　　者：段冶
出　　版：上海世纪出版集团　上海文化出版社
地　　址：上海市绍兴路7号
发　　行：果麦文化传媒股份有限公司
印　　刷：北京盛通印刷股份有限公司
开　　本：840mm×1092mm　1/32
印　　张：4.75
插　　页：4
字　　数：45千字
印　　次：2019年7月第1版　　2019年7月第1次印刷
印　　数：1-8,000
书　　号：ISBN 978-7-5535-1656-1
定　　价：49.80元

如发现印装质量问题，影响阅读，请联系021—64386496调换。